Mae'r llyfr hwn yn eiddo i

This book belongs to

Chloe williams
_____

8 mai 200~~####~~9
_____

I Linus

To Linus

V.C. & C.F.

Cyhoeddwyd gyntaf yn 2001 gan Gullane Children's Books

Cyhoeddwyd gyntaf yn Gymraeg yn 2012 gan
Wasg Gomer, Llandysul, Ceredigion SA44 4JL
www.gomer.co.uk

ISBN: 978-1-84851-431-7

Argraffwyd a rhwymwyd yn China.

Weithiau, Rwy'n Hoff o Gyrlio'n Belen

Sometimes I Like to Curl up in a Ball

Vicki Churchill
Lluniau gan Charles Fuge
Addasiad Sioned Lleinau

Gomer

Weithiau rwy'n hoff
o gyrlio'n belen
Mor bitw a bach er mwyn
cuddio dan ddeilen.

Sometimes I like to curl up in a ball
So small that I can hide under a leaf.

Weithiau rwy'n hoff o neidio fry

Sometimes I like to jump up high

Er mwyn cael disgyn
yn llawn sŵn a sbri.

So that I can have fun when landing with a bang.

Weithiau rwy'n hoff o gerdded mewn cylchoedd

Sometimes I like to just walk round and round

Nes blino'n lân a gorwedd am hydoedd.

Until I'm exhausted and have to lay down for a while.

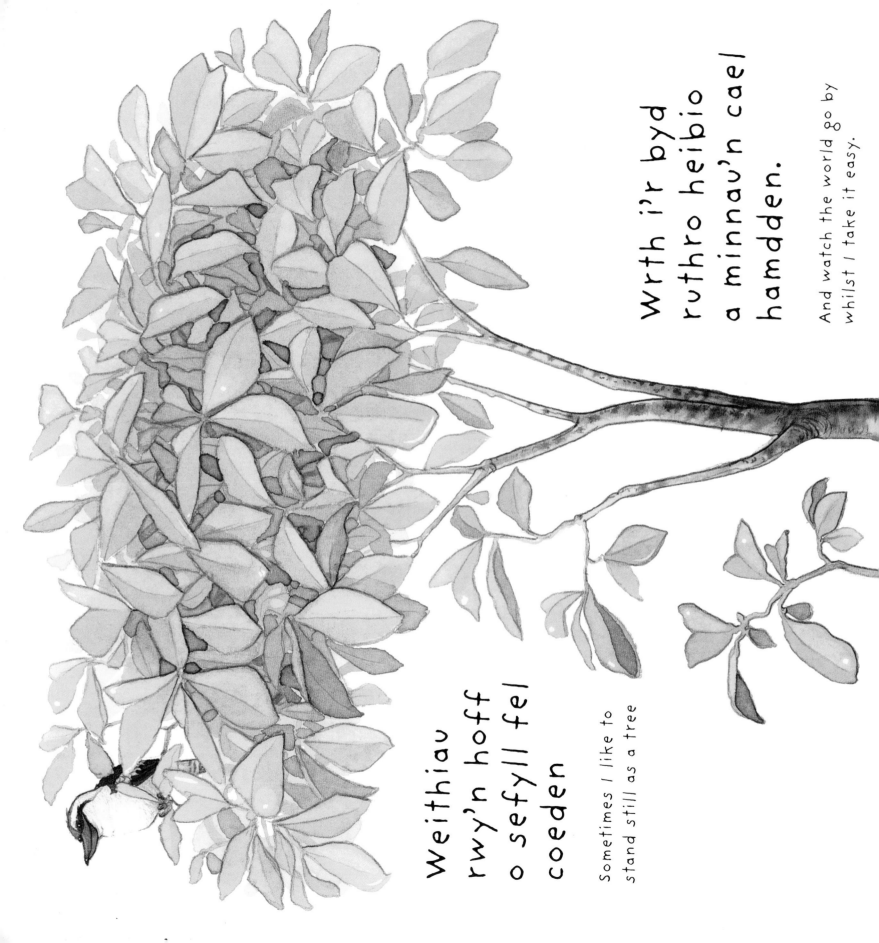

Wrth i'r byd
ruthro heibio
a minnau'n cael
hamdden.

And watch the world go by
whilst I take it easy.

Weithiau
rwy'n hoff
o sefyll fel
coeden

Sometimes I like to
stand still as a tree

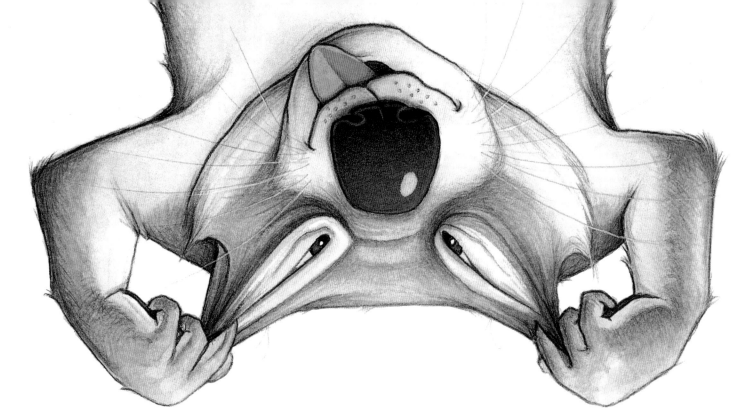

Weithiau rwy'n hoff o wneud pob math o stumiau

Sometimes I like to make funny shapes

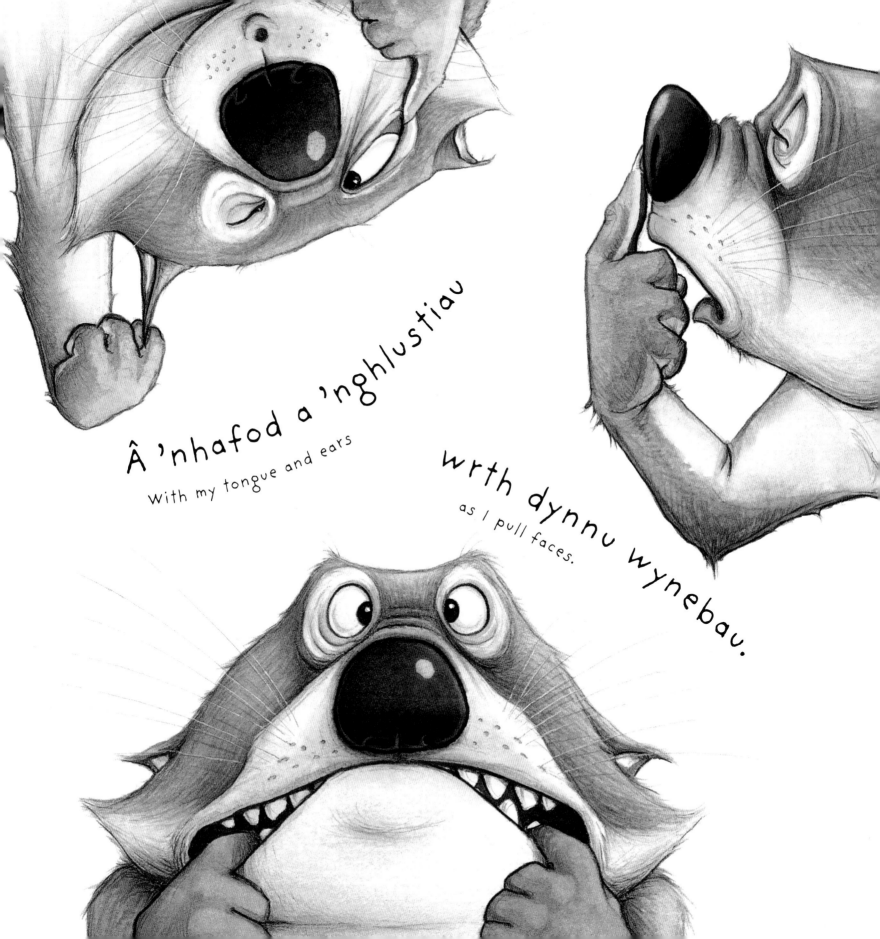

Â 'nhafod a 'nghlustiau

With my tongue and ears

wrth dynnu wynebau.

as I pull faces.

Weithiau rwy'n hoff o wneud llanast go iawn

Sometimes I like to get in a mess

Wrth chwarae yn y mwd drwy'r bore a'r prynhawn.

As I play in the mud all morning and afternoon.

Weithiau rwy'n hoff o redeg yn gyflym,

Sometimes I like to run quickly,

Weithiau rwy'n ennill, ac weithiau'n olaf i'r terfyn.

Sometimes I win, and sometimes I'm last to the finish.

Ond ar ddiwedd y dydd
wrth i'r haul fynd i'w wely,
Rwy'n ysu am gael gwneud
un peth arall cyn cysgu,
Sef chwilio am fan bach sy'n
fy ngwneud i mor llawen —

But at the end of the day as the sun goes to bed,
I can't wait to do one more thing before going to sleep,
I find a small place that makes me so happy —

...Y man gorau'n y byd
i gael cyrlio fel pelen.

...The best place in the world
to curl up in a ball.

Llyfrau Dwyieithog Eraill Gomer:

Other Bilingual Gomer Books:

Nawr 'te, Blant

Now then, Children

ISBN 978 1 84851 024 1

Nos Da, Anifeiliaid!

Goodnight, Animals!

ISBN 978 1 84851 370 9

Mae Mali Eisiau Mwy!

Mali Wants More!

ISBN 978 1 84323 769 3

Hwyl gyda Twts

Fun with Twts

ISBN 978 1 84323 751 8

Chwarae gyda Twts

Play with Twts

ISBN 978 1 84323 752 5

Wyt ti'n barod Mistar Croc?

Ready or not Mr Croc?

ISBN 978 1 84323 768 6

Chwarae gyda Cymro

Playtime with Cymro

ISBN 978 1 84323 899 7

Beth wyt ti'n ddweud?

What do you say?

ISBN 978 1 84323 770 9

Un Tedi Mas o'r Gwely

One Ted Falls Out of Bed

ISBN 978 1 84323 627 6